T0007783

PARADERO DESCONOCIDO

Kathrine Kressmann Taylor

PARADERO DESCONOCIDO

Traducción del inglés de
Victoria Alonso Blanco

Papel certificado por el Forest Stewardship Council®

Título original: *Address Unknown*
Primera edición: octubre de 2022

Printed in Spain – Impreso en España

ISBN: 978-84-18968-97-6
Depósito legal: B-13.822-2022

Impreso en Romanyà-Valls
Capellades, Barcelona

SM68976

PARADERO
DESCONOCIDO

SCHULSE-EISENSTEIN GALLERIES

SAN FRANCISCO, CALIFORNIA, ESTADOS UNIDOS

12 de noviembre de 1932

Herrn Martin Schulse
Schloss Rantzenburg
Múnich, Alemania

Mi querido Martin:

¡Ya de vuelta en Alemania! ¡Cómo te envidio! Aunque no haya vuelto a poner los ojos en Unter den Linden desde mis tiempos de estudiante, su recuerdo aún me conmueve; ay, aquella amplitud de miras intelectuales, las tertulias, la música, la alegre camaradería... Y ahora ya sin la influencia del rancio abolengo de los *Junkers*, la arrogancia prusiana y el militarismo. Llegas a una Alemania democrática, a una tierra de gran cultura, en los albores de una magnífica libertad política. Te auguro una buena vida. Me has dejado muy impresionado con tu nueva dirección, y me alegra que la travesía resultara tan agradable para Elsa y los chiquillos.

Yo, por mi parte, no estoy tan contento. Aquí me tienes un domingo por la mañana, soltero, solo y sin propósito en la vida. Mi hogar dominical ahora se ha trasladado allende los mares. Ay, aquel viejo caserón en lo alto de la colina... ¡La calidez de tu bienvenida cuando afirmabas que el día no estaba completo hasta que no volvíamos a reunirnos! Y nuestra querida Elsa, tan alegre, que salía a recibirme con su radiante sonrisa, me agarraba de la mano y gritaba «¡Max, Max!» mientras corría al interior para abrir mi schnapps favorito. Y los niños, maravillosos también, sobre todo el jovencito Heinrich, tan apuesto; cuando vuelva a verlo, estará hecho un hombrecito.

Y no hablemos de las cenas... ¿volveré a comer así alguna vez en mi vida? Ahora ceno en un restaurante y ante mi solitario rosbif me asaltan visiones de aquel *Gebackener Schinken* humeando en su salsa al vino de Borgoña, con sus *Spätzle*, ¡ay!, ¡sus *Spätzle* y sus *Spargel*! No, nunca más podré resignarme a la comida de este país. Y aquellos vinos, estibados con tanto mimo de los barcos alemanes, y esos brindis que hacíamos levantando las copas a rebosar, por cuarta, quinta y sexta vez...

Has hecho bien en marcharte, no te quepa duda. A pesar del éxito del que gozabas aquí, nunca llegaste a sentirte americano, y ahora que ya tenemos la empresa consolidada, debes llevarte a tus mocetones alemanes de regreso a la madre patria para educarlos. Además, Elsa ha echado de menos a su familia durante estos largos años, y seguro que todos estarán contentos de verte a ti también. El joven artista sin peculio de pronto se ha convertido en el benefactor de la familia; apuesto a que eso también será un discreto motivo de orgullo para ti.

El negocio marcha viento en popa. La señora Levine ha comprado el pequeño Picasso al precio que fijamos, cosa de la que me congratulo, y la señora Fleshman sigue dándole vueltas a la idea de comprar aquella Madonna horrenda. Nadie se ha molestado nunca en decirle que ninguna adquisición suya es mala, porque son todas pésimas. Aunque he de reconocer que carezco de tu mano izquierda para tratar con las señoronas judías. Puedo convencerlas de que hacen una excelente inversión, sí, pero sólo tú, con tu exquisito enfoque espiritual sobre el arte, eras capaz de desarmarlas. Por otra parte, dudo de que se fiaran del todo de otro judío.

Ayer me llegó una carta encantadora de Griselle. Dice que dentro de nada me sentiré orgulloso de mi hermanita. Le han dado el papel principal en una obra que ahora mismo se está representando en Viena, y las reseñas son estupendas; por fin aquellos años desalentadores en compañías de tres al cuarto empiezan a dar fruto. Pobre chiquilla, no lo ha tenido fácil, aunque nunca he oído un lamento de su boca. Posee arrojo, además de belleza, y espero que también talento. Me ha preguntado por ti, Martin, con un tono la mar de amistoso. No queda ahí ni un atisbo de rencor; cuando se es joven como ella, ese sentimiento pasa pronto. Al cabo de unos años sólo queda un vago recuerdo del sufrimiento; además, ninguno de los dos tuvo culpa de nada, desde luego. Esas cosas son como tormentas pasajeras; te vapulean y te dejan empapado, y no puedes hacer absolutamente nada por evitarlas. Pero luego sale el sol, y aunque la experiencia no se te ha olvidado del todo, sólo queda ternura, sin rastro de pesar. Tú no lo habrías querido de otra manera, y yo tampoco. Por cierto, no le he dicho a Griselle que estáis en Europa, pero si lo consideras oportuno, tal vez se lo mencione, pues me consta que no le resulta fácil hacer amistades y sé que le alegraría saber que cuenta con amigos cerca.

¡Catorce años ya desde que terminó la guerra! ¿Celebraste el día? ¡Qué largo trecho hemos recorrido ya, como pueblos, desde aquella amarga experiencia! Una vez más, mi querido Martin, permite que te mande un abrazo desde la distancia y mis más afectuosos recuerdos para Elsa y los niños.

Tu siempre fidelísimo amigo,

MAX

SCHLOSS RANTZENBURG

MÚNICH, ALEMANIA

10 de diciembre de 1932

Sr. Max Eisenstein
Schulse-Eisenstein Galleries
San Francisco, California, Estados Unidos

Max, querido amigo:

El talón y las cuentas llegaron con prontitud, te lo agradezco. No es preciso que me pongas al corriente de la marcha del negocio con tanto detalle. Ya sabes que coincido plenamente contigo en lo tocante a su gestión; además, desde que he llegado a Múnich vivo en un torbellino de actividades nuevas. Ya nos hemos instalado, ¡pero qué vorágine! La casa, ya sabes, la tenía en mente desde hace tiempo. Y la he conseguido a precio de ganga. Treinta habitaciones y más de cuatro hectáreas de terreno; ¿a que parece increíble? Ahora bien, no te puedes hacer una idea de la miseria que asola mi desdichada tierra. Las dependencias del personal, los establos y los edificios adyacentes son inmensos, pero (y aunque parezca mentira) por los diez empleados que tenemos a nuestro servicio pagamos el mismo sueldo que por los dos de la casa de San Francisco.

Los tapices y enseres que expedimos por barco, junto a otras piezas de mobiliario que me he procurado una vez aquí, son de lo más suntuoso, por lo que despertamos una gran admiración, y casi me atrevería a decir envidia. He comprado cuatro vajillas de la mejor porcelana y cristalería en abundancia, además de una cubertería de plata completa que tiene a Elsa encandilada.

Hablando de Elsa, ¡qué risa! Sé que la anécdota te hará tanta gracia como a mí. Resulta que le he comprado una cama enorme. De un tamaño nunca visto, dos veces más grande que una cama de matrimonio, con cuatro magníficos postes de madera tallada. Las sábanas he tenido que mandarlas hacer a medida, porque no las venden de ese tamaño. Son de lino, además; y de la mejor calidad. A Elsa le parece comiquísima, y su anciana *Grossmutter* mueve la cabeza y gruñe: «*Nein*, Martin, *nein*. Tú te lo has buscado, más te vale ir con cuidado si no quieres que Elsa se ponga enorme como la cama.»

«*Ja*, cinco niños más y me quedará como anillo al dedo», dice Elsa. Y ya la estoy viendo, Max.

Los niños tienen tres ponis (el pequeño Karl y Wolfgang todavía no están en edad de cabalgar) y un profesor particular. Todavía hablan muy mal el alemán, con demasiada influencia del inglés.

Ahora la familia de Elsa ya no tiene las cosas tan fáciles. Sus hermanos se dedican a profesiones liberales todos ellos, pero, a pesar de tratarse de gente muy respetada, se han visto obligados a compartir vivienda. Su familia nos tiene por millonarios norteamericanos, y aunque todavía estemos muy lejos de serlo, gracias a los ingresos que nos llegan del otro lado del charco aquí somos gente adinerada. Los comestibles de calidad son caros y es un momento de gran inestabilidad política, incluso ahora que estamos bajo la presidencia de Hindenburg, un magnífico liberal al que admiro profundamente.

Antiguos conocidos ya me están instando a participar en los asuntos administrativos del municipio. Y me lo estoy planteando. Que yo ostentase un cargo público podría reportarnos ciertos beneficios en el ámbito local.

En cuanto a ti, mi buen amigo Max, te hemos dejado solo, pero no hagas de ti un misántropo. Búscate cuanto antes una mujercita entrada en carnes que se desviva por cuidarte y te levante el ánimo a base de buenos alimentos. Éste es mi consejo, y tengo para mí que malo no es, aunque mientras escribo esboce una sonrisa.

En tu carta mencionas a Griselle. ¡Así que esa criatura adorable está cosechando su merecido éxito! Comparto tu júbilo, aunque no dejo de lamentar que haya tenido que labrarse un futuro por sí sola. Cualquier hombre advertiría que esa chiquilla ha nacido para el lujo, para ser amada con devoción y llevar esa deliciosa vida regalada que deja aflorar la sensibilidad. Sus ojos oscuros reflejan un espíritu valiente y tierno, pero también dejan traslucir una fortaleza de hierro, así como una gran osadía. Es una mujer que no hace ni da nada a la ligera. Ay, querido Max, como de costumbre, me traiciono a mí mismo. Pero aunque nunca hiciste comentario alguno durante nuestro tormentoso *affair*, sabes que no me fue fácil tomar la decisión. A mí, que era tu amigo, nunca me lo recriminaste, a pesar de que tu hermanita sufría, pero siempre tuve la impresión de que eras consciente de que yo también sufría, y mucho. Pero ¿qué podía hacer? Estaban Elsa y los niños, tan pequeños todavía. No tenía alternativa. Aun así, la ternura que albergo hacia Griselle perdurará en mí hasta mucho después de que tu hermana haya tomado a otro mucho más joven que yo como marido o amante. La antigua herida se ha restañado, pero la cicatriz aún palpita de vez en cuando, amigo mío.

Harás muy bien en proporcionarle nuestra dirección. Nos encontramos a tan escasa distancia de Viena que así sentirá que hay un hogar a su alcance. Además, Elsa ignora por completo lo que hubo entre nosotros, y ya sabes con qué calidez recibiría a tu hermana, la misma que si se tratara de ti. Sí, debes comunicarle que estamos aquí e instarla a que se ponga en contacto con nosotros. Felicítala encarecidamente de nuestra parte por ese gran éxito del que ahora goza.

Elsa me pide que te mande recuerdos, y Heinrich también quisiera decirle «hola» al tío Max. No te olvidamos, Maxel.

Con mis más cordiales saludos,

MARTIN

SCHULSE-EISENSTEIN GALLERIES
SAN FRANCISCO, CALIFORNIA, ESTADOS UNIDOS

21 de enero de 1933

Herrn Martin Schulse
Schloss Rantzenburg
Múnich, Alemania

Querido Martin:

Le envié con mucho gusto tu dirección a Griselle. Debería recibirla en breve, si no lo ha hecho ya. ¡Qué alborozo cuando vuelva a veros! Aunque yo no podré asistir en persona, mi alma y mi corazón estarán con vosotros.

Mencionas la miseria que asola el país. Aquí el invierno está siendo bastante crudo, pero desde luego no hemos padecido ni sombra de las privaciones que observas en Alemania.

Personalmente, tú y yo tenemos suerte de que nuestra galería cuente con una clientela tan fiel. Cierto que el número de adquisiciones ha disminuido, es lógico, pero aunque sólo compren la mitad que antes, ten por seguro que podremos vivir con desahogo, sin despilfarrar, pero con bastante desahogo. Los óleos que me has enviado son estupendos y a unos precios asombrosos. Los despacharé en un periquete y con un margen escandaloso. Por cierto, ¡la horrenda Madonna ha volado! Y sí, se lo ha llevado la buena de la señora Fleshman. ¡Si vieras el pasmo que fingí, ante su perspicacia para reconocer la valía de la pieza, y mi reticencia a fijar un precio! La pobre mujer sospechó que había otro cliente interesado, así que propuse una cantidad abusiva. Ella le echó las zarpas y aun sonreía aviesamente mientras me extendía el talón. Sólo tú puedes comprender mi regocijo al verla salir cargada con semejante mamarracho.

Ay, Martin, muchas veces me avergüenzo del placer que me causan esos triunfos irrisorios. Tú en Alemania, exhibiendo tu mansión solariega y tu prosperidad ante la familia de Elsa, y yo en Estados Unidos, refocilándome por haberle endilgado un chafarrinón a una anciana tontiloca. ¡Bonito clímax para dos cuarentones! ¿En eso se nos va la vida? ¿En sacarle dinero al prójimo y luego presumir de ello públicamente? Yo no dejo de fustigarme, pero siempre vuelvo a las andadas. Todos vivimos atrapados en la misma rueda. Somos vanidosos y desaprensivos porque es necesario ganarles la partida a otros seres igualmente vanidosos y desaprensivos. Porque si yo no le vendo nuestro mamarracho a la señora Fleshman, aparecerá otro que le venderá uno todavía peor. En fin, qué le vamos a hacer, cosas de la vida.

Aunque hay otra esfera donde siempre es posible encontrar autenticidad, ese lugar a la lumbre de un amigo donde nos despojamos de nuestras pequeñas presunciones y encontramos calor y comprensión, donde los pequeños egoísmos son inconcebibles y donde el vino, las lecturas y la conversación dan un sentido distinto a la existencia. Allí, en ese lugar inasequible a la falsedad, nos sentimos como en casa.

¿Quién es ese tal Adolf Hitler que parece estar haciéndose con el poder en Alemania? Lo que he leído acerca de él no me gusta nada.

Dales un abrazo a los chicos y otro a nuestra exuberante Elsa de mi parte.

Tu siempre afectísimo,

MAX

SCHLOSS
RANTZENBURG
MÚNICH, ALEMANIA

25 de marzo de 1933

Sr. Max Eisenstein
Schulse-Eisenstein Galleries
San Francisco, California, Estados Unidos

Mi buen amigo Max:

Sin duda estás al corriente de las novedades que se han producido en Alemania y querrás saber cómo vemos el desarrollo de los acontecimientos desde dentro. Si te soy sincero, Max, creo que Hitler le conviene a Alemania en muchos aspectos, aunque no estoy seguro del todo. Ahora ya es el nuevo jefe de gobierno en activo. Dudo mucho que ni Hindenburg siquiera pudiese destituirlo, al fin y al cabo él mismo se vio obligado a colocarlo en el poder. He de decir que es un hombre electrizante, con una potencia como sólo cabe en un gran orador y en un fanático. Aunque yo me pregunto: ¿está realmente en sus cabales? Entre las filas de sus escuadrones de camisas pardas se encuentra gente de la peor calaña. Se dedican al pillaje y ahora les ha dado por acosar de mala manera a los judíos. Aunque quizá se trate de incidentes sin importancia: la pequeña escoria espumeante que sale a la superficie cuando un gran movimiento entra en ebullición. Porque de verdad te digo, amigo mío, qué efervescencia, ¡qué efervescencia! Es como si, por todas partes, la gente hubiera cobrado vida de pronto. Se deja sentir en las calles y las tiendas. La antigua desesperación ha quedado relegada como un abrigo olvidado. La gente ya no se cubre de vergüenza; vuelve a abrigar esperanza. Tal vez sea posible encontrar el modo de poner fin a esta miseria. No sabría decirte qué, pero algo está a punto de ocurrir. ¡Ha surgido un líder! Aunque, cautamente, yo me pregunto: ¿un líder para guiarnos adónde? Porque cuando los seres humanos nos liberamos de la desesperación a menudo tomamos derroteros descabellados.

En público, como es natural, no suelo expresar mis dudas, ni mucho menos. Ahora soy un empleado público al servicio del nuevo régimen, así que proclamo mi júbilo a voz en grito. Todos los funcionarios que deseamos salvar el pellejo nos hemos dado buena prisa en afiliarnos al nacionalsocialismo. Así es como se llama el partido de Herr Hitler. Por otro lado, tampoco es una cuestión de mero oportunismo, hay algo más: la conciencia de que nosotros, el pueblo alemán, hemos encontrado nuestro destino y de que el futuro viene hacia nosotros como una ola arrolladora. Es necesario que nos pongamos en movimiento también. Que nos dejemos arrastrar por ella. Ya empiezan a cometerse injusticias, y esto no ha hecho más que empezar. Las tropas de asalto están viviendo un momento de gloria, de ahí esas cabezas ensangrentadas y esos corazones acongojados que ahora nos rodean. Pero estas cosas pasan; cuando la finalidad es justa, terminan por olvidarse. La historia está escribiendo una página nueva.

Ahora bien, yo sólo me pregunto, y esto te lo puedo decir a ti pero a nadie de mi entorno: ¿es justa esa finalidad? ¿Perseguimos un objetivo mejor? Porque, no sé, Max, pero ahora que estoy aquí, he visto a la gente de mi raza y he sabido de los sufrimientos que han tenido que soportar, de la escasez de pan, que empeoraba año tras año, de los cuerpos cada vez más enjutos, del fin de la esperanza. Se hallaban empantanados hasta el cuello en las arenas movedizas de la desesperación. Y de pronto, cuando ya se encontraban al borde de la muerte, llega un hombre que los saca a flote. Ahora sólo saben que no van a morir. Embargados por la histeria del rescate, le profesan casi idolatría. Aunque, fuera quien fuese ese salvador, habrían hecho lo mismo. Dios quiera que este hombre al que tan alegremente siguen sea un verdadero líder y no el ángel de la muerte. Yo no lo sé, Max, y sólo a ti te lo confieso. No lo sé. Aunque eso espero.

En fin, basta ya de hablar de política. En lo que a nosotros respecta, estamos encantados con nuestra casa nueva, y ya hemos celebrado muchas recepciones. Esta noche damos una cena para veintiocho personas, con el alcalde como invitado principal. Tal vez estemos excediéndonos un poco con tanta vida social, pero creo que es comprensible. Elsa se compró un vestido nuevo, de terciopelo azul, y está con el alma en vilo por si se le ha quedado pequeño. Vuelve a estar embarazada. Ahí tienes la manera de tener satisfecha a tu mujer, Max. Procurando que esté tan ajetreada con las criaturas que no le dé tiempo a complicarse la existencia.

Nuestro Heinrich ha hecho una conquista social. Resulta que salió un día a montar en su poni, se cayó de la cabalgadura y ¿quién acudió en su ayuda? Pues nada menos que el barón Von Freische. Los dos estuvieron charlando un buen rato sobre Estados Unidos, y un día el barón se dejó caer por casa y nos tomamos un café. Heinrich está invitado a comer a su casa la semana que viene. ¡Qué chiquillo! Es una lástima que no domine el alemán, pero igualmente encandila a todo el mundo.

En fin, querido amigo, así vamos tirando, quizá listos para formar parte de grandes acontecimientos, o quizá sólo para proseguir con nuestra sencilla vida familiar, pero sin olvidar nunca esta amistad verdadera a la que tan emotivamente haces referencia. Te tenemos presente en nuestros corazones allende los mares, y siempre que llenamos las copas brindamos por «el tío Max».

Afectuosamente tuyo,

MARTIN

SCHULSE-EISENSTEIN GALLERIES

SAN FRANCISCO, CALIFORNIA, ESTADOS UNIDOS

18 de mayo de 1933

Herrn Martin Schulse
Schloss Rantzenburg
Múnich, Alemania

Querido Martin:

Estoy angustiado por la avalancha de noticias sobre la madre patria que nos llega a través de la prensa. Comprenderás, naturalmente, que me dirija a ti para que arrojes algo de luz, porque aquí no dejamos de recibir relatos contradictorios. Estoy seguro de que las cosas no pueden estar tan mal como las pintan. De terrible pogromo las califican unánimemente los periódicos americanos.

Sé que tu espíritu liberal y tu natural bondadoso no tolerarían ningún tipo de salvajada y que puedo confiar en que me cuentes toda la verdad. El hijo de Aaron Silberman acaba de regresar de Berlín, de donde al parecer escapó por los pelos. Las historias que cuenta sobre lo presenciado allí (flagelaciones, gente forzada a beber litros y litros de aceite de ricino entre dientes apretados y las subsiguientes horas de lenta agonía cuando les revientan las tripas) no son nada agradables. Puede que estas cosas sean ciertas, y puede que, como decías, sólo se trate de esos espumarajos salvajes que afloran en toda revolución humana. Pero, ay, desgraciadamente para nosotros, los judíos, son una triste historia que, a fuerza de repetirse a través de los siglos, sentimos muy cercana, y parece poco menos que inconcebible que hoy día, en un país civilizado, se deba soportar aquel martirio de antaño. Escríbeme, amigo mío, y tranquilízame un poco.

La obra de Griselle termina a finales de junio, después de haber cosechado un gran éxito. Me ha escrito contándome que le han ofrecido otro papel en Viena y otro, muy interesante, en Berlín, de cara al otoño. Ella se extiende más sobre este último, pero ya le he contestado advirtiéndole que espere a que estos sentimientos antijudíos hayan amainado. Ella, naturalmente, utiliza un nombre artístico que no es judío (de todos modos, Eisenstein no serviría para la escena), aunque no sería el apellido lo que traicionara sus orígenes. Sus rasgos, sus gestos, la emotividad de su voz proclaman su condición de judía independientemente de cómo se haga llamar, y si es cierto que este sentimiento antisemita ha cobrado fuerza, más vale que no se arriesgue a poner el pie en Alemania por el momento.

Disculpa esta carta tan breve y ensimismada, querido amigo, pero no descansaré hasta que me hayas tranquilizado. Te conozco y sé que serás absolutamente sincero conmigo. Escríbeme cuanto antes, te lo ruego.

Con mis más cálidas declaraciones de fidelidad y amistad, para ti y los tuyos, tu siempre leal,

MAX

DEUTSCH-BÖLKISCHE BANK
UND HANDELSGESELLSCHAFT
MÚNICH

9 de julio de 1933

Sr. Max Eisenstein
Schulse-Eisenstein Galleries
San Francisco, California, Estados Unidos

Querido Max:

Como verás, te escribo bajo el membrete de mi sucursal bancaria. Lo hago así por necesidad, ya que debo pedirte algo y quiero eludir la nueva censura, estricta en grado sumo. Es preciso que interrumpamos nuestra correspondencia por el momento. No me es posible cartearme con un judío; y tampoco podría aunque no ostentara un cargo público. Si necesitaras comunicarme algo, hazme llegar aviso junto con el talón bancario y no vuelvas a enviarme ninguna carta a mi domicilio.

Respecto a la severidad de esas medidas que tanto te angustian, debo decir que tampoco fueron de mi agrado en un principio, pero he acabado por reconocer su triste necesidad. La raza judía es una lacra para cualquier nación que la acoge. Nunca he odiado a ningún judío en particular; a ti siempre te he apreciado como amigo, pero sabrás que te hablo con toda franqueza cuando digo que no te he querido por tu raza, sino a pesar de ella.

Los judíos son los chivos expiatorios universales. Eso no ocurre por razones arbitrarias, y tampoco se trata de que inspiren desconfianza por esa antigua superstición que los acusa de ser los «asesinos de Cristo». En cualquier caso, estos incidentes con los judíos son intrascendentes. Existe algo mucho más importante en juego.

¡Ojalá pudiera mostrarte, ojalá pudiera hacerte ver el renacimiento de esta nueva Alemania bajo la tutela de nuestro afable líder! El mundo no puede tener subyugado a un gran pueblo eternamente. Sumidos en la derrota, hemos agachado la cabeza durante catorce años. Hemos comido el amargo pan de la vergüenza y tragado las gachas aguadas de la miseria. Pero ahora somos hombres libres. Nos alzamos conscientes de nuestro poder y levantamos la cabeza ante las demás naciones. Purgamos nuestra sangre de sus elementos más innobles. Marchamos a través de nuestros valles entre cánticos, con la recia musculatura vibrando, ansiosa por acometer una nueva tarea; y desde las montañas nos llega el eco de las voces de Wodan y Thor, los poderosos dioses mitológicos de la raza germánica.

Pero no. Mientras te escribo estas letras y mi espíritu enardece con esta nueva visión, me asalta el convencimiento de que no comprenderás cuán necesario es todo esto para Alemania. Sólo tendrás en cuenta el sufrimiento de tu gente. No comprenderás que es preciso que unos pocos sufran para que millones se salven. Ante todo serás un judío y llorarás por tu pueblo. Lo entiendo. Forma parte del carácter semita. Os lamentáis, pero nunca tenéis la valentía suficiente para presentar batalla. De ahí que existan los pogromos.

Ay, Max, todo esto te dolerá, lo sé, pero debes reconocer la verdad. Hay movimientos mucho más grandes que los hombres que los componen. Por lo que a mí respecta, he entrado en el movimiento. Heinrich es oficial del cuerpo juvenil que comanda el barón Von Freische, cuyo rango ahora da lustre a nuestra casa, puesto que viene a menudo a visitar a Heinrich y Elsa, por quien profesa una gran admiración. Yo estoy desbordado de trabajo. Elsa no muestra demasiado interés por la política, pero sí por nuestro afable líder, al que adora. Este último mes se cansa con demasiada facilidad. Quizá los niños hayan llegado demasiado seguidos. Se sentirá mejor cuando haya dado a luz.

Lamento que nuestra correspondencia deba interrumpirse así, Max. Tal vez algún día podamos reencontrarnos en un contexto más propicio para la comprensión.

Tuyo siempre,

MARTIN SCHULSE

SCHULSE-EISENSTEIN GALLERIES

SAN FRANCISCO, CALIFORNIA, ESTADOS UNIDOS

1 de agosto de 1933

Herrn Martin Schulse
(por gentileza de J. Lederer)
Schloss Rantzenburg
Múnich, Alemania

Martin, amigo mío:

Te envío la presente a través de Jimmy Lederer, que en breve viajará a Europa de vacaciones y pasará por Múnich. Desde que recibí tu última carta no hallo descanso. Es tan impropia de ti que sólo puedo atribuir su contenido a tu temor a la censura. No concibo que el hombre al que he querido como a un hermano, con un corazón siempre rebosante de simpatía y amistad, pueda participar siquiera de forma pasiva en la masacre de gente inocente. Confío en que ésta sea la causa y te ruego que no te expongas a nada que suponga un peligro para ti; bastará con un simple «sí» como respuesta.

Eso me indicará que te mueve el oportunismo, pero que tus sentimientos son los de siempre, y que no he vivido engañado al haberte tenido siempre por un alma noble y liberal, por un hombre para quien las injusticias son injusticias sin importar en nombre de quién se cometan.

Esta censura, esta persecución de todos los hombres de pensamiento liberal, la quema de bibliotecas y la corrupción de las universidades habría suscitado tu repulsa aun cuando nadie en Alemania hubiese puesto un dedo siquiera sobre alguien de mi raza. Tú eres un liberal, Martin. Siempre has sido un hombre con amplitud de miras. Sé que no has podido dejarte llevar por la insania de un movimiento popular que, por poderoso que sea, tiene tanto de abominable.

Puedo entender por qué los alemanes aclaman a Hitler. Es su manera de reaccionar contra las manifiestas injusticias que han padecido desde el desastre de la guerra. Pero tú, Martin, has sido prácticamente un americano desde el final de esa guerra. Sé que no es mi amigo quien me ha escrito esa carta, que se demostrará que era sólo la voz de la cautela y el oportunismo hablando a través de él.

Espero ansiosamente esa palabra que devolverá la paz a mi espíritu. Mándame ese «sí» en cuanto te sea posible.

Con cariño para todos,

MAX

Deutsch-Bölkische Bank
und Handelsgesellschaft
MÚNICH

18 de agosto de 1933

Sr. Max Eisenstein
Schulse-Eisenstein Galleries
San Francisco, California, Estados Unidos

Querido Max:

He recibido tu carta. La respuesta es «no». Eres un sentimental. Ignoras que no todos los hombres están cortados por tu mismo patrón. Les colocas etiquetas bonitas, como esa de «liberal», a la espera de que se comporten de tal o cual manera. Pero estás muy equivocado. ¿Que si soy un liberal americano? ¡No! Soy un patriota alemán.

El hombre liberal no cree en la necesidad de hacer nada. Predica sobre derechos humanos, pero sólo hace eso: predicar. Cacarea sobre la libertad de expresión, ¿y qué es la libertad de expresión? Pues el mero permiso para asentar cómodamente las posaderas y criticar todo cuanto hacen los hombres de acción. ¿Qué puede haber más inútil que un liberal? Conozco bien a esa clase de individuos, puesto que yo mismo he sido uno de ellos. Condenan a los gobiernos pasivos porque no llevan a cabo ningún cambio. Sin embargo, tan pronto surge un hombre poderoso, tan pronto un hombre de acción empieza a introducir cambios, ¿qué hace ese liberal tuyo? Oponerse a ellos. Para el liberal todo cambio estará mal.

Eso que él denomina «amplitud de miras» no es más que un miedo cerval a tomar las riendas. El liberal gusta de llenarse la boca de palabras y preceptos grandilocuentes, pero es un inútil para los hombres que hacen del mundo el lugar que es. Éstos son los únicos hombres que cuentan, los hombres de acción. Y aquí, en Alemania, ha surgido uno. Un hombre enérgico que lo está cambiando todo. El curso de la vida de un pueblo cambia en un momento gracias a la llegada de un hombre de acción. Y yo me uno a él. No me dejo arrastrar por ninguna corriente. Abandono esa vida inútil hecha de palabras huecas. Me entrego en cuerpo y alma al servicio del nuevo y grandioso movimiento. Soy un hombre porque actúo. Antes sólo era una voz. No cuestiono la finalidad de nuestra acción. No es preciso. Sé que es buena porque rebosa vitalidad. Los hombres no se ven arrastrados a hacer el mal con semejante alegría y entusiasmo.

Dices que perseguimos a los hombres de pensamiento liberal, que destruimos bibliotecas. Deberías sacudirte de encima ese rancio sentimentalismo. ¿Acaso el cirujano debe tener piedad con el tumor porque se ve obligado a cortar para extirparlo? Que somos crueles. Por supuesto que somos crueles. Todo nacimiento es un acto brutal, y también lo es este nuestro. Pero nos sentimos exultantes. Alemania yergue bien alta la cabeza entre las naciones del mundo. Sigue a su glorioso líder hasta la victoria. ¿Qué sabéis vosotros de esto, vosotros que os limitáis a soñar sentados? Nunca habéis conocido a un Hitler. Es una lanza en ristre. Una luz blanca, pero ardiente como el sol de un nuevo día.

Debo insistir en que no sigas escribiéndome. Ambos debemos rendirnos a la evidencia de que no existe entendimiento posible entre nosotros.

MARTIN SCHULSE

EISENSTEIN GALLERIES

SAN FRANCISCO, CALIFORNIA, ESTADOS UNIDOS

5 de septiembre de 1933

Herrn Martin Schulse
A la atención de Deutsch-Voelkische Bank
und Handelsgesellschaft
Múnich, Alemania

Querido Martin:

Adjunto encontrarás el talón y la liquidación mensual. La necesidad me apremia a enviarte un breve mensaje: Griselle ha partido hacia Berlín. Es una temeraria, pero llevaba tanto tiempo anhelando el éxito que no está dispuesta a renunciar a él, y se burla de mis temores. Actuará en el Koenig Theater. Como oficial del régimen que eres, apelo a nuestra antigua amistad para rogarte que veles por ella. Desplázate si puedes a Berlín y averigua si corre peligro.

Te dolerá observar que me he visto obligado a eliminar tu apellido del membrete de la galería. Ya sabes quiénes son nuestros principales clientes, por tanto comprenderás que ya no estén dispuestos a aceptar nada que provenga de una empresa con nombre alemán.

Respecto a tu cambio de actitud, nada me cabe decir. Pero es preciso que comprendas una cosa: no esperaba que te alzaras en armas por mi pueblo porque fuera mi pueblo, sino porque eras un hombre que amaba la justicia.

Te encomiendo a mi temeraria Griselle. La criatura no es consciente del peligro que corre. No volveré a escribirte.

Adiós, amigo mío,

MAX

EISENSTEIN GALLERIES

SAN FRANCISCO, CALIFORNIA, ESTADOS UNIDOS

5 de noviembre de 1933

Herrn Martin Schulse
A la atención de Deutsch-Voelkische Bank
und Handelsgesellschaft
Múnich, Alemania

Martin:

Te escribo de nuevo movido por una necesidad imperiosa. Un funesto presentimiento se ha apoderado de mí. Le escribí a Griselle tan pronto supe que se encontraba en Berlín, y me contestó brevemente. Los ensayos iban de maravilla; la obra no tardaría en estrenarse. Cuando le escribí por segunda vez fue con intención de animarla más que de prevenirla, pero me han devuelto la carta, con el sobre sin abrir y con el sello «Paradero desconocido» (*Adressat Unbekannt*). ¡Qué oscuridad encierran esas palabras! ¿Cómo que desconocido? Esa etiqueta tan sólo puede indicar que le ha ocurrido alguna desgracia. Saben lo que ha sido de ella, esas letras estampadas así lo atestiguan, pero no se me permite saberlo. Ha desaparecido en una especie de vacío y será inútil buscarla. Todo esto me lo dicen en dos palabras: *Adressat Unbekannt*.

Martin, ¿es preciso que te ruegue que la localices y acudas en su auxilio? Tú has conocido su gentileza, su belleza y dulzura. Has sido objeto de su amor, un amor que Griselle no ha entregado a ningún otro hombre. No intentes escribirme. Sé que no hace falta siquiera que solicite tu ayuda. Que te basta con saber que algo malo ha ocurrido, que no hay duda de que Griselle corre peligro.

En tus manos la encomiendo, embargado por la impotencia.

MAX

EISENSTEIN GALLERIES
SAN FRANCISCO, CALIFORNIA, ESTADOS UNIDOS

23 de noviembre de 1933

Herrn Martin Schulse
A la atención de Deutsch-Voelkische Bank
und Handelsgesellschaft
Múnich, Alemania

Martin:

Me dirijo a ti presa de la desesperación. Dado que no podía dejar pasar otro mes, te envío información sobre tus inversiones. Por si quisieras hacer alguna modificación, y así puedo adjuntar mi súplica en una carta bancaria.

Se trata de Griselle. No tengo noticias de ella desde hace dos meses, y han empezado a llegarme rumores. A través del boca a boca, de un judío a otro, poco a poco nos llegan historias de Alemania, historias tan atroces que me taparía los oídos si pudiera, pero me es imposible. Necesito tu confirmación.

Griselle actuó en la función de Berlín durante una semana. Hasta que un día el público la abucheó por su condición de judía. ¡Es tan empecinada, tan insensata esa maravillosa criatura! Fíjate que les plantó cara y replicó, con mucho orgullo, que, efectivamente, era judía.

Algunos espectadores se lanzaron a por ella y corrió entre bastidores. Alguien debió de prestarle ayuda porque consiguió escapar de la jauría que le pisaba los talones y refugiarse en el sótano de una familia judía durante unos días. Después cambió su aspecto todo lo que pudo y se fue hacia el sur, con la esperanza de volver a Viena caminando. No se atrevió a tomar el tren. Al despedirse de quienes la habían acogido esos días les dijo que estaría a salvo si conseguía llegar hasta unos amigos que tenía en Múnich. Ésa es mi esperanza, que haya acudido a vosotros, porque a Viena no ha llegado. Mándame razón, Martin, y si no se ha presentado ahí indaga, si puedes, en secreto. Mi mente no halla descanso. Me torturo día y noche con la visión de esa valiente mujercita recorriendo penosamente tantos y tantos kilómetros de territorio hostil, con el invierno en ciernes. Dios quiera que puedas enviarme unas palabras de consuelo.

MAX

Deutsch-Bölkische Bank
und Handelsgesellschaft

MÚNICH

8 de diciembre de 1933

Heil Hitler! Lamento mucho comunicarte que tengo malas noticias. Tu hermana ha muerto. Por desgracia, como tú mismo has mencionado alguna vez, era una insensata. Hace menos de una semana se presentó por aquí, seguida de cerca por unos soldados de las tropas de asalto. En casa había mucho ajetreo; desde que nació el pequeño Adolf, el mes pasado, Elsa no se encuentra muy bien de salud, así que teníamos por aquí al doctor, junto con dos enfermeras, además del servicio y los niños revoloteando por todas partes.

Quiso la suerte que abriera yo la puerta. En un primer instante pensé que era una anciana, pero luego le reconocí la cara y vi a los soldados entrando por la verja del parque. ¿Qué hago, la escondo?, pensé. Tengo una posibilidad entre mil. En cualquier momento aparecerá un criado. ¿Voy a permitir que registren mi casa de arriba abajo con Elsa enferma en cama, arriesgarme a que me detengan por esconder a un judío y echar por la borda todo lo que he construido en este país? Evidentemente, como alemán, tenía claro cuál era mi deber. Ella había exhibido su cuerpo judío en un escenario ante jóvenes alemanes puros. Mi deber era retenerla y entregarla a las tropas de asalto. Pero no pude hacerlo.

«Nos vas a arruinar la vida a todos, Griselle. Tienes que correr e internarte en el parque», le digo. Ella me mira, sonríe (siempre fue una chica valiente) y toma su propia decisión.

«Yo nunca te perjudicaría, Martin», me dice, y sale corriendo escaleras abajo hasta perderse entre la arboleda. Pero debe de estar cansada. No corre muy rápido y las tropas de asalto le echan el ojo. No puedo hacer nada por ella. Entro en casa y minutos después sus gritos se interrumpen; y a la mañana siguiente mando llevar el cadáver al pueblo para que lo entierren. Fue una insensatez por su parte venir a Alemania. Pobre Griselle. Te acompaño en el sentimiento, pero, como ves, no podía hacer nada para ayudarla.

Ahora debo exigirte que no vuelvas a escribirme. Toda la correspondencia que llega a casa es objeto de censura, y no creo que tarden en abrir las cartas del banco. Además, no tengo ninguna intención de volver a tratar con judíos, salvo para recibir dinero. Ya me ha perjudicado bastante que una judía viniera hasta aquí buscando refugio, y otra asociación sería intolerable.

Una nueva Alemania empieza a cobrar forma. Gracias a nuestro glorioso líder, pronto mostraremos grandes cosas al mundo.

MARTIN

CABLEGRAMA

MÚNICH, 2 DE ENERO DE 1934

MARTIN SCHULSE

ACEPTADAS TUS CONDICIONES AUDITORÍA DOCE DE NOVIEMBRE MUESTRA INCREMENTO TRECE POR CIENTO DOS DE FEBRERO CUADRUPLICADO GARANTIZADA MACRO EXPOSICIÓN UNO DE MAYO DISPÓN PARTIDA A MOSCÚ SI MERCADO ABRE INESPERADAMENTE INSTRUCCIONES FINANCIERAS REMITIDAS NUEVA DIRECCIÓN

EISENSTEIN

EISENSTEIN GALLERIES

SAN FRANCISCO, CALIFORNIA, ESTADOS UNIDOS

3 de enero de 1934

Herrn Martin Schulse
Schloss Rantzenburg
Múnich, Alemania

Querido Martin:

No olvides el cumpleaños de la abuela. Cumplirá sesenta y cuatro el día 8. Los benefactores norteamericanos donarán una partida de mil pinceles para tu Liga de Jóvenes Pintores alemanes. Mandelberg se ha sumado a la financiación. Debes enviar once reproducciones de Picasso, de 50 por 230 cm, a las sucursales de la galería el día 25, no antes. Que predominen los rojos y los azules. En este momento podemos abonarte ocho mil dólares por dicha transacción. Abre un nuevo libro de cuentas, el número 2.

Nuestras plegarias te acompañan a diario, querido hermano,

EISENSTEIN

EISENSTEIN GALLERIES

SAN FRANCISCO, CALIFORNIA, ESTADOS UNIDOS

17 de enero de 1934

Hernn Martin Schulse
Schloss Rantzenburg
Múnich, Alemania

Martin, querido hermano:

¡Buenas noticias! Nuestras acciones llegaron a ciento dieciséis hace cinco días. Los Fleishman han adelantado otros diez mil dólares. Esto cubrirá la cuota de tu Liga de Jóvenes Pintores durante un mes, pero avísanos si se presentan más oportunidades. Las miniaturas suizas están muy en boga. Sigue atento al mercado y cuenta con estar en Zúrich después del primero de mayo por si surgen oportunidades imprevistas. El tío Solomon se alegrará de verte y sé que confiarás plenamente en su criterio.

Hace buen tiempo y hay poco riesgo de tormentas en los próximos dos meses. Antes de partir, prepara las siguientes reproducciones para tus estudiantes: Van Gogh 40 por 260, rojo; Poussin 50 por 230, azul y amarillo; Vermeer 28 por 84, rojo y azul.

Seguiremos esperanzados tu futuro empeño,

EISENSTEIN

EISENSTEIN GALLERIES

SAN FRANCISCO, CALIFORNIA, ESTADOS UNIDOS

29 de enero de 1934

Querido Martin:

Tu última carta se entregó por error en el 457 de Geary St., habitación 4. La tía Rheba me pide que le diga a Martin que escriba con más claridad y concisión si quiere que sus amigos lo entiendan. Seguro que todos estaréis esperando con ilusión al reencuentro familiar del día 15. Como los festejos te dejarán agotado, quizá te apetezca llevarte a tu familia en tu viaje a Zúrich.

Antes de tu marcha, sin embargo, procúrate las siguientes reproducciones para las sucursales de la Liga de Jóvenes Pintores alemanes, con vistas a la exposición conjunta de mayo, o antes: Picasso 45 por 200, rojo; Van Gogh 12 por 100, blanco; Rubens 40 por 520, azul y amarillo.

Nuestras plegarias te acompañan,

EISENSTEIN

SCHLOSS
RANTZENBURG
MÚNICH, ALEMANIA

12 de febrero de 1934

Sr. Max Eisenstein
Eisenstein Galleries
San Francisco, California, Estados Unidos

Max, amigo mío:

Por Dios bendito, Max, ¿sabes lo que estás haciendo? Intentaré hacerte llegar esta carta clandestinamente a través de un americano que he conocido aquí. Te mando esta súplica presa de una desesperación como no puedes imaginar. ¡Ese telegrama disparatado! Esas cartas que has enviado a mi nombre... Me han citado para que dé cuenta de ellas. No las entregan en mi domicilio, pero me llevan a declarar, me muestran cartas tuyas y me exigen que confiese el código. Pero ¿qué código? ¿Cómo puedes hacerme esto? Tú, que eres amigo mío desde hace tantos años.

¿Te das cuenta de que me estás destrozando la vida? ¿Eres consciente? Tu locura ya ha tenido consecuencias nefastas. Me han comunicado sin ambages que debo abandonar mi puesto. Heinrich ya no forma parte de las Juventudes Hitlerianas. Dicen que no le conviene para su salud. Dios mío, Max, ¿entiendes lo que eso significa? Y Elsa, a quien no me atrevo a contarle nada, está desconcertada porque los oficiales rechazan sus invitaciones y el barón Von Freische no le dirige la palabra cuando se cruza con ella por la calle.

Sí, lo sé, ya sé por qué lo haces, pero ¿no comprendes que no estaba en mi mano hacer nada? ¿Qué podría haber hecho yo? Ni me atreví a intentarlo. Te lo suplico, no ya por mí, sino por Elsa y los niños, piensa en lo que supondría para ellos que me apresaran y no supieran si estoy vivo o muerto. ¿Sabes lo que significa que te encierren en un campo de concentración? ¿Serías capaz de ponerme contra el paredón y apretar el gatillo? Te lo ruego, detente. Detente ahora que aún no está todo perdido. Temo por mi vida, Max, por mi vida.

¿Eres tú quién está detrás de esto? No puedes ser tú. Te he querido como a un hermano, mi estimado Maxel. Dios mío, ¿es que no tienes piedad? Te lo suplico, Max, ¡basta, basta ya! Detente mientras todavía estoy a tiempo de salvarme. Te lo pido con el corazón henchido de antiguo afecto,

MARTIN

EISENSTEIN GALLERIES

SAN FRANCISCO, CALIFORNIA, ESTADOS UNIDOS

15 de febrero de 1934

Herrn Martin Schulse
Schloss Rantzenburg
Múnich, Alemania

A nuestro querido Martin:

Aquí han caído veinte centímetros de lluvia en dieciocho días. ¡Qué temporada llevamos! Antes del fin de semana debería llegarte a la sucursal de Berlín una partida de mil quinientos pinceles para tus jóvenes pintores. Así tendrán tiempo suficiente para practicar antes de la magna exposición. Los mecenas americanos contribuirán con todo el material artístico que puedan proporcionar, pero las últimas gestiones dependen de ti. Aquí vivimos muy desconectados del mercado europeo, pero tú estás en posición de valorar el alcance del apoyo que una muestra de ese tipo podría despertar en Alemania. Prepara estas piezas para su distribución antes del 24 de marzo: Rubens 30 por 200, azul; Giotto 2,5 por 800, verde y blanco; Poussin 50 por 230, rojo y blanco.

El joven Blum partió el viernes pasado con las especificaciones del Picasso. Depositará algunos óleos en Hamburgo y Leipzig y luego se pondrá a tu disposición.

¡Que el éxito te acompañe!

EISENSTEIN

EISENSTEIN GALLERIES

SAN FRANCISCO, CALIFORNIA, ESTADOS UNIDOS

3 de marzo de 1934

Martin, hermano nuestro:

El primo Julius ha tenido dos niños de cuatro kilos cada uno. La familia está feliz. Damos por asegurado el éxito de la exposición de tus jóvenes artistas, que ya está al caer. El último cargamento de lienzos se retrasó debido a ciertas complicaciones con el cambio de divisa, pero llegará a tus socios berlineses con tiempo de sobra. Considera completada la colección de reproducciones. El máximo respaldo debería provenir de los admiradores de Picasso, pero no descuides otros frentes.

Dejamos en tus manos las disposiciones de última hora, pero te instamos a no demorar la fecha a fin de que la exposición sea todo un éxito.

Que el Dios de Moisés te acompañe,

EISENSTEIN

Eisenstein Galleries
San Francisco, California, U.S.A.
San Francisco
Mar 3
5PM
1934
California
Mr. Martin Schulse
Schloss Rantzenburg
Munich
G E R M A N Y
München
18.3.34. 4-5
Adressat
unbekannt

EPÍLOGO

Cuando en septiembre de 1938 la revista *Story* publicó por primera vez en Estados Unidos *Paradero desconocido*, la novela causó sensación de inmediato. Narrada a través del intercambio epistolar entre un judío americano residente en San Francisco y su antiguo socio, que ha regresado a Alemania, la historia puso de manifiesto ante el público americano la ponzoña del nazismo, en ese momento aún en sus albores.

A los diez días de su publicación, la tirada completa de aquel número de *Story* ya se había agotado, y hubo lectores entusiastas que se hicieron reproducir la historia en una multicopista para regalársela a sus amigos. El locutor de radio Walter Winchell recomendó la novela encarecidamente, calificándola como «el mejor relato del mes, una historia que nadie debería perderse», y el *Reader's Digest* pasó por alto su arraigada norma de no publicar textos narrativos y la reimprimió para sus más de tres millones de lectores.

En 1939 Simon & Schuster publicó *Paradero desconocido* en formato libro y vendió cincuenta mil ejemplares, una cifra desorbitada en aquella época. Hamish Hamilton hizo lo propio en Inglaterra con una edición británica, y a ésta le sucedieron traducciones a otras lenguas. Sin embargo, 1939 también fue el año de la Blitzkrieg; en pocos meses la mayor parte de Europa había caído bajo el dominio de Adolf Hitler; la traducción al holandés desapareció, y *Paradero desconocido* no volvió a publicarse en Europa, aunque aparecía en la lista de libros prohibidos del Reichskommisar. La historia, por tanto, permanecería olvidada en el continente europeo durante los sesenta años siguientes, pese a la magnitud de su impacto y el éxito cosechado tanto en Estados Unidos como en el Reino Unido.

Kathrine Kressmann Taylor, «La mujer que sacudió América», nació en Portland, Oregón, en 1903, con el nombre de Kathrine Kressmann. Tras licenciarse en la Universidad de Oregón en 1924, se trasladó a San Francisco y trabajó como redactora publicitaria, mientras en sus ratos libres escribía para pequeñas publicaciones literarias. En 1928 los editores de la *San Francisco Review*, una revista muy cara a la autora, la invitaron a una fiesta en la que conoció a Elliott Taylor, propietario de una agencia de publicidad, y en menos de dos semanas ya estaban casados. Cuando la Gran Depresión hundió la industria publicitaria, la pareja adquirió una pequeña granja en el sur de Oregón, donde se instalaron con sus dos pequeños y vivieron «de la tierra», cultivaron sus propios alimentos, buscaron oro y en 1935 sumaron un tercer niño a la familia.

En 1938 se trasladaron a Nueva York, donde Elliott trabajó como editor y Kathrine terminó de escribir *Paradero desconocido*. Elliott le presentó el relato al editor de la revista *Story*, Whit Burnett, que manifestó inmediatamente su deseo de publicarlo. Whit y Elliott decidieron que la historia era «demasiado dura para aparecer bajo el nombre de una mujer» y le asignaron a Kathrine el pseudónimo literario de «Kressmann

Taylor», que ella aceptó y mantuvo el resto de su vida, en gran parte debido al éxito de *Paradero desconocido*. Así describía la autora las razones que la impulsaron a escribir esta historia:

> Poco antes de que estallara la guerra, unos amigos míos alemanes, personas de buen corazón e intelectuales de espíritu cultivado, que llevaban un tiempo viviendo en Estados Unidos, decidieron regresar a Alemania. Poco después ya se habían transformado en nazis declarados. No aceptaban la más mínima crítica en contra de Hitler. Durante una visita a California, se encontraron en la calle a un antiguo amigo con el que habían mantenido una estrecha relación. Su amigo era judío y no le dirigieron la palabra. Cuando hizo ademán de ir a abrazarlos, le volvieron la espalda. «¿Cómo es posible que ocurra algo así?», me pregunté. «¿Qué ha pasado para que cambien de manera de sentir hasta ese punto? ¿Qué los ha llevado a semejante crueldad?»
>
> Esas preguntas no dejaban de acosarme, no podía olvidarlas. Me costaba creer que esas personas que conocía y respetaba hubieran sido víctimas de la ponzoña nazi. Entonces empecé a investigar la figura de Hitler y a leer sus discursos y los escritos de sus asesores. Lo que descubrí fue aterrador. Me preocupaba especialmente que nadie en Estados Unidos fuera consciente de lo que estaba ocurriendo en Alemania y que tampoco hubiera interés. En 1938 el movimiento aislacionista era muy fuerte en Estados Unidos; la clase política sostenía que los asuntos europeos no eran de nuestra incum-

> bencia y que en Alemania todo marchaba bien. El mismo Charles Lindbergh declaró, al volver de Alemania, que la gente de ese país era maravillosa. No obstante, algunos universitarios que regresaban a nuestro país al terminar sus estudios en Alemania contaban la verdad acerca de las atrocidades nazis. Cuando a algunos se les ocurrió divertirse enviando cartas a sus compañeros americanos de la residencia de estudiantes burlándose de Hitler, ellos contestaron rápidamente: «No volváis a escribirnos. Corremos peligro. Esta gente no se anda con chiquitas. Si un nazi de éstos recibiera cartas así, podría suponer el fin de sus días.»

Este incidente apenas mereció una pequeña nota en la prensa, pero la noticia llamó la atención de Elliott y éste se llevó el artículo con el fin de enseñárselo a Kathrine; juntos reflexionaron sobre la posibilidad de que una carta pudiera utilizarse como amenaza. Ella ahondó en la idea y se dispuso a desarrollar la historia que quería contar.

> Quise escribir sobre lo que los nazis estaban haciendo y mostrar a los ciudadanos americanos lo que les sucede a nuestros contemporáneos, a personas de carne y hueso que se ven arrastradas por una ideología perversa.

El resultado fue *Paradero desconocido*, un gran éxito sobre el que *The New York Times Book Review* diría en 1939: «Esta historia moderna es la perfección misma. Constituye la denuncia más eficaz del nazismo aparecida en el campo de la narrativa.» Kathrine retomaría esa denuncia en su siguiente libro, *Until That Day*, publicado en 1942 y reeditado en 2003 con el título *Day of No Return* (*Día sin retorno*).

Al término de la guerra, cuando ya no parecía necesario continuar denunciando al régimen nazi, *Paradero desconocido* dejó de ser objeto de atención pública y, salvo por su inclusión en alguna que otra antología, quedó prácticamente relegada al olvido. Elliott Taylor falleció en 1953 y Kathrine vivió como su viuda los siguientes quince años, durante los que continuó escribiendo e impartiendo clases de escritura, periodismo y humanidades en el Gettysburg College de Pensilvania. En 1966, ya jubilada, se trasladó a Florencia, donde en noviembre de ese mismo año fue testigo de la gran inundación causada por el desbordamiento del río Arno, que le serviría de inspiración para su tercer libro, *Diary of Florence in Flood*, publicado la primavera siguiente con una gran acogida de la crítica tanto británica como estadounidense.

En 1966, durante una travesía por Italia a bordo del transatlántico italiano *Michelangelo*, Kathrine conoció al escultor estadounidense John Rood. Los dos se sintieron atraídos de inmediato, empezaron su romance a bordo y al año siguiente contrajeron matrimonio en Minneapolis, donde él residía. A partir de entonces, vivieron entre Minneapolis y Val di Pesa, un municipio a las afueras de Florencia. Tras el fallecimiento de Rood, en 1974, Kathrine mantuvo durante casi veinte años ambas residencias, en las que pasaba estancias de seis meses, llevando una discreta vida como señora de John Rood.

Más adelante, en 1995, cuando la autora ya contaba noventa y un años, Story Press reeditó *Paradero desconocido* «para conmemorar el cincuenta aniversario de la liberación de los campos de concentración», y porque, como afirmó la directora de *Story*, Lois Rosenthal, la «importancia y la intemporalidad de su mensaje» la hacían merecedora de «un lugar permanente en las librerías» de Estados Unidos. El libro tuvo muy buena acogida y Kathrine firmó ejemplares y concedió entrevistas para la prensa y la televisión, satisfecha de que hubiera vuelto a ver la luz, esta vez bajo la categoría de clásico de la literatura de Estados Unidos.

Kathrine Kressmann Taylor Rood falleció al año siguiente, en julio de 1996, bien entrados ya sus noventa y tres años, aguda, lúcida y entusiasta hasta el final de sus días. «Morir es algo normal. Tan normal como nacer», afirmó en su última semana de vida. Y estaba preparada para ese tránsito. Había vivido varias vidas y todas con éxito: como esposa y madre, como profesora apreciada por sus alumnos y como autora de cuatro libros y una docena de relatos, uno de los cuales, *Paradero desconocido*, había alcanzado la categoría de clásico mientras ella todavía vivía.

Poco después de su muerte, un ejemplar de la reedición de 1995 cayó en manos del editor francés Henry Dougier, de Éditions Autrement, París. Dougier advirtió enseguida su relevancia para el conjunto de la sociedad europea, tanto la que había vivido bajo la dominación nazi como la que necesitaba conocer aquellas vivencias. Decidió, pues, que la novela debía traducirse al francés, y con esa traducción, a cargo de Michèle Lévy-Bram, saltó a la lista de los libros más vendidos en Francia a finales de 1999. *Inconnu à cette adresse* vendió cincuenta mil ejemplares en el transcurso de ese primer año; cien mil el siguiente y otros doscientos cincuenta mil desde entonces; unas ventas que superan con mucho las obtenidas en Estados Unidos durante toda su existencia. La novela no tardó en caer en manos de otros europeos, que tras su lectura exigieron que se tradujera y publicara en sus respectivas lenguas: español, catalán, gallego, euskera, italiano, holandés, noruego, sueco, danés, portugués, polaco, checo, griego, turco; y lo mismo sucedería un poco más tarde en el resto del mundo (coreano, chino, japonés, etc.). Antes de 2010 ya se había vertido a veintitrés idiomas.

El gran éxito cosechado por *Paradero desconocido* en formato libro ha conducido a otros éxitos: audiolibros en alemán, italiano y francés; obras radiofónicas en Inglaterra, Francia, Israel y Croacia; representaciones teatrales en Francia, Israel, Turquía, Italia, Bélgica, Holanda, Argentina, Estados Unidos (incluyendo una función en el off-Broadway en 2004) y en el Soho Theatre londinense en 2013, con espectáculos tanto en francés como en inglés.

Me emociona que este librito haya alcanzado el reconocimiento de clásico, y me complace que, gracias a la edición de Story Press de 1995, mi madre viviera para ser testigo de tal reconocimiento y para autorizar, ya en su último año de vida, la primera de múltiples traducciones al hebreo, llevada a cabo por el notable académico y traductor israelí Asher Tarmon.

Es difícil imaginar qué sabrán de esta historia las generaciones futuras, pero por el momento parece que sobrevivirá y formará parte destacada de la literatura del siglo XX.

CHARLES DOUGLAS TAYLOR,
hijo de Kathrine Kressmann Taylor